쉼표

짝 사 랑 을   짝 사 랑 하 다

쉼표

김승용 시집

좋은땅

언젠가 한 서점에서 사랑에 관한 글을 읽고는 혼자 눈물을 훔쳤던 적이 있습니다. 당시 저의 상황과 감정이 그 글과 정확히 일치한다고 말할 수는 없겠지만 저는 '공감'을 느꼈습니다. 그리고 공감 그 자체만으로 위로를 받았습니다.

저는 사랑에 관한 글을 읽는 것을 좋아합니다. 제가 적는 글들의 시작점이 될 때가 많기 때문입니다. 물론 직접 겪은 이야기를 글로 쓰는 경우가 대부분이지만 누군가의 사랑 이야기를 들으며 글을 쓰는 경우도 적지 않습니다.

하지만 신기한 것은 다른 사람의 이야기에서 시작된 글이거나 사랑에 대한 글을 읽으며 영감을 받아 쓴 글들이 결국 저의 경험으로 이어져 끝을 맺는 경우가 많다는 것이죠.

꽤 여러 번의 그런 경험을 통해 저는 느꼈습니다. 제 사랑과 남의 사랑이 그리 다르지 않다는 것. 그리고 우리 모두의 사랑은 대부분 비슷한 윤곽을 그리고 있다는 것. 그래서 제가 누군가의 글을 읽으며 공감하고 그 자체로 위로를 받은 것처럼 저의 글도 누군가에게 공감과 위로가 될 수 있다는 것.

제가 글을 적는 이유이자 이 책을 내는 이유입니다. 저의 끄적임이 보다 가치 있는 무언가로 세상에 남을 수 있기에.

이 책을 읽는 당신이 위로받기를 바랍니다. 이 책에 담긴 모든 글에서 위로받기는 힘들겠지만 단 하나의 글, 아니 어쩌면 단 하나의 문장에서 당신이 공감을 느끼고 그로 인해 위로를 받았다면 저는 성공입니다. 부디 당신의 가슴에 작게나마 울림을 주는 존재가 되었으면 합니다.

그리고 제목처럼 이 책이 당신의 하루에서 작은 쉼표가 되길 바랍니다. 잠시 쉬어 가는 당신의 그 시간을 위해 제 글이 존재한다고 믿습니다. 그리고 쉼표를 그린 그 하루가 평온하길 바랍니다.

응원합니다. 당신의 사랑과 당신의 하루를.

김승용 올림

목차

첫 번째 쉼표

내가 행복을 마주하는 법

내가 계속 네 눈만
뚫어져라 쳐다보는 건,

너의 사랑스러운 눈망울과
그 속에 비친 행복한 내 모습
둘 다 볼 수 있어서.

그렇게 나의 모든 행복을
내 두 눈으로 직접 마주할 수 있어서.

스며들기

혼자 다니던 단골 카페.
어느새 내 앞에는
네가 앉았다.

별 의미 없던
혼자 걷는 길에서 지나치던 모든 것들이
너를 상상하는 연결고리가 되었다.

온통 나의 것들로 채웠던
내 삶의 목표에, 그리고 삶의 이유에
네가 가장 중요한 것으로 자리 잡았다.

그렇게,
너는 나에게 스며들고 있다.

겨울의 흰 눈이 세상을 덮듯
너는 점점 쌓여 가며
나를 포근하게 덮어 주고 있다.

너와 닮은 행복

찢어진 청바지
그 밑에는 하얀색 스니커즈
그리고 그 사이로 보이는 너의 발목.
적당히 헐렁한 티셔츠와
살짝 걷은 소매 밑으로 보이는 너의 손목.
검은 머리칼과
머리를 넘기는 너의 손을 따라 보이는 너의 귀.
적당한 눈, 적당한 코, 적당한 입.

부족하지도, 흘러넘치지도 않는 너의 모습.
그런 너만 바라보던 그 시절엔,
나 역시 어느 것도 부족함이 없었고
어느 것도 흘러넘치지 않았어.

적당하게, 그래서 너무 평온하게.
정말이지 내 행복은 너와 같았어.

짝사랑을 짝사랑하다

있잖아요,

마음을 울리는 글을 읽거나 노래를 들으면
사람들은 옛 연인을 떠올리기 마련인데
나는 이상하리만큼 자꾸 당신이 떠올라요.

참 바보 같지만 당신에게
좋아한다는 고백도 못 했는데 말이에요.

당신의 손을 잡지 못했고
행복한 표정으로 사진 한 장 같이 찍지 못했고
당신의 따뜻한 사랑을 들어 보지도 못했지만

당신과 함께라는 사실만으로
웃으면서 같은 공간에서
같은 시간을 만들었단 것만으로
나에게는 옛 연인만큼
행복하게 추억할 수 있는 그대가 생겨 버렸어요.

가끔 한 번씩, 아주 가끔 후회는 해요.

지금처럼 서로 연락이 끊기고
서로의 소식을 누군가에게
전해 듣기조차 힘든 사이가 될 줄 알았더라면

좋아한다는 말 한 번은 해 볼걸.
그랬으면 지금 내가 이러는 것처럼
그대도 살면서
한 번쯤은 나를 생각하지 않았을까요.

내가 그대에게 조금이라도
더 큰 존재로 남지 않았을까요.

가끔씩 당신의 프로필 사진이 바뀌고
어디에 놀러 가고
누구를 만났다는 소식을 올리면
'여전히 예쁘고 미소가 아름답고
여전히 강하고 행복하게 살고 있구나.'
하고 혼자서 웃어 봐요.

만약, 정말 만약

행여나 혼자 하는 이 그리움이 너무 커져서
더 이상 그리움에 머물고 싶지 않으면,

내가 그대에게 조금 더 큰 존재가 되어
그대의 세상으로 살아가고 싶어지면,
그때는 꼭 연락할게요.
바보처럼 머물지 않고
꼬옥, 꼭 찾아갈게요.

그러니까 그전까지
혹시 우리가 우연히 마주치는 날이 오면
원래 그랬던 것처럼
아주 자연스럽게 웃으면서 반겨 주세요.

그럼 나는 또 당신의 미소를
아주 행복하고 아름답게 추억할 테니까요.

공식

수학은
정말 어렵고 왜 그런지 이해할 수 없어도
공식을 통해 결국에는 하나의 답이 나와 버린다.

그래서 나는 내 일상에서 고민되는 모든 일들을
너라는 공식에 대입하기로 했다.

네가 좋아하는 일과 그렇지 않은 일.
너를 위한 것과 그렇지 않은 일.

네가 좋아하거나
너를 위한 것을 내 답으로 하기로 했고
그러자,
너무나도 쉽고 간단하게 행복이 찾아왔다.

꼬깃꼬깃

너의 사랑이 주는 기쁨보다
너와 어색해질까 봐 하는 걱정이 훨씬 커서
접히지도 않는 마음을 애써 구겨 넣은,

그런 날도 있었다.

너의 마음을 헤아리는 법

누군가의 심정을 이해하고
그 마음을 헤아린다는 것은
어쩌면 세상에서 가장 건방진 말일 것이다.

그 사람의 상황과 그것으로부터 나오는 감정은
그 사람의 장소와 시간이 정확히 일치하는
그 지점에서만 오롯이 느낄 수 있는 거니까.

그래서 나는 언젠가부터
너를 위로하고 싶을 때마다
불가능하단 것을 알면서도
네가 있는 장소와 시간에
최대한 가까워지려 노력하기 시작했다.

그리고 그런 나의 모습을 보며
너는 비로소 위로받는 듯했다.

너를 만나며 배운 것.
위로는 그렇게 하는 거란 것.

별자리

우리의 하루하루는
저 별들처럼 반짝거렸어.

밤하늘을 계속 보고 있으면
눈에 보이는 별이 많아지듯
우리의 날들도 그랬지.

그 수많은 별들을
손가락 끝으로 잇고 잇다 보면
너와 나의 먼 미래까지 잇고 있었지.

이제는 없을 날들이지만
아주 가끔 생각날 때면
밤하늘을 올려다보며 너를 떠올릴게,
아주 가끔씩.

사랑의 흔적을 남기다

말 못 하고 혼자 하는
짝사랑에 머물지 않고
그 사람에게 당신의 마음을 전하는 순간,

장담하건대

그 사랑은
더 큰 의미로 남을 거예요.

세상의 모든 그리움에게

누군가를 그리워하거나
어느 순간을 그리워하거나
한 번쯤은 무언가를 그리워해 본 적 있겠죠.

그 사람이 보고 싶어지기도 하고
그 순간으로 돌아가고 싶어지기도 하고
지금 그리워하는 그것이 과거에 머문다는 것에
조금은 후회되기도 하겠죠.

그래도 참 다행인 건,
우리가 그리워하는 것들은 대부분
슬픈 것이 아니라
기분 좋게 떠올릴 만한 것들이란 것.

겉으로 보기엔 슬퍼 보이지만
들여다보면 그리움은
행복에 좀 더 가까운 곳에 서 있어요.

언젠가는 지금 이 순간을 떠올리며
그리워할 거라는 생각으로

지금을 그리워할 만한
기분 좋은 순간으로 만들어 보세요.
그러면 순간순간이
조금이나마 행복에 가까워질 거예요.

방향제

네가 내 품에 안기던 그날
내 옷 가슴팍에 너의 향기가 묻었다.

행여 너의 향기가 날아갈까
나는 그 옷을 고이 접어
내 옷장 깊숙한 곳에 넣어 두었다.

그 옷은 내 옷장의
방향제가 되었다.

대화

너 : "사랑해."
나 : "나도 사랑해."
너 : "내가 더 사랑해."

…

너는 불가능한 일을 하고 있는 것임이 틀림없다.

오목교

네가 걷는 그 길을 따라 뛰어간 날.

혹시 내 걸음의 끝에 네가 없을까 봐.
혹시 너의 옆에 누군가 있을까 봐.
많이 두려웠던 날이지만

너를 향해 숨을 가쁘게 쉬었던
나의 첫날이었어.

우리

아침에 눈을 뜨면
가장 먼저 너의 얼굴을 떠올리고
너의 얼굴을 마주하며
내가 가질 행복과 기쁨을 가늠한다.

나는 그렇게 항상
나 혹은 네가 아닌

'우리'를 그려 내고
'우리'를 사랑한다.

내가 행복이라 부르는 것

우리에게 할애된 시간을
오로지 우리를 위해 쓰고
내 앞에 주어진 그대 손을
내 두 손으로 포개겠습니다.
달콤하다 못해 나를 무너지게 하는
그대의 사랑에 귀 기울이고
아주 가끔씩 들려오는 당신의 투정을
가장 소중하게 담아 놓겠습니다.

그리고 내 앞에 놓인
이 모든 것들을
나는 행복이라 부르겠습니다.

청혼 I

퇴근길에 만나 같이 저녁거리를 고르고
작은 식탁 위에 우리 둘이 마주 앉아서

와인 한 잔
눈빛 한 번
따뜻한 사랑의 말
그리고 향기롭게 잠에 드는 거야.

어때,
참 좋지 않을까?

벌거숭이

내가 너에게
항상 미안하다고 말하는 건,

우리가 잘못될까 봐.
그게 두려워서다.

자존심 없이 발가벗어도
네 옆이 가장 따뜻하니까.

착하고 좋은 글

예쁜 생각들로 가득하면
착하고 좋은 글이 써지듯이

너와 있는 건 그런 것 같아.

네가 내 세상에 가득한데
행복한 날들이 쓰일 수밖에.

잘 자요

공기가 당신을 감싸고
온기가 당신의 볼을 어루만지고
어둠 속 엷은 달빛이
당신을 포근하게 보살펴 주길

한 치의 뒤척임도 없이
내가 없는 오늘도
잘 자요, 내 사랑.

가장 큰 손

그대와 손을 잡으면
어디로 가는지 그 끝이 어디인지
알 수는 없지만

눈이 멀어 한 치 앞도 안 보일지라도
함께하고 있다는 사실만으로
아무 걱정이 없어요.

나에게 그대의 손은 그렇게 큰 의미예요.

표현법

마음 표현하는 법을 까먹어 버렸다.

말로도 하고
행동으로도 하고
심지어는 눈빛으로도 말했던 것 같은데

얼른 기억이 나야 할 텐데.

그래야 그 사람을
놓치지 않을 텐데.

너의 연락

너의 연락을 받고
내 심장은 요동치기 시작했다.

이것이 설렘인지
상처에 대한 두려움인지는 모르겠지만

한 가지 확실한 건
이번에도 내 심장을 뛰게 한 건 너였다.

신발 속 자갈

신발 속에서 걸리적거리는
작은 자갈처럼

자꾸 네가 생각나.

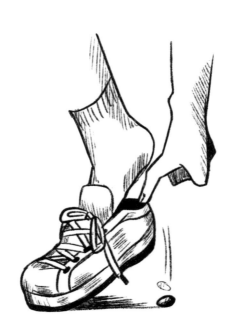

이유

너를 잊기 위해서는
그만한 이유가 필요하다는 걸 알았다.
그렇지 않으면 넌 절대 잊힐 수 없다.

하지만 너무나도 완벽한 너는
내가 너를 잊어야 할 이유를 주지 않는다.

엉망

참 이기적이게도
너는 눈물을 흘렸던 너의 이별이
나는 너무나도 반가웠다.

하지만
곧 다른 사랑을 시작할 것만 같던 너의 모습이
나를 미치게 만들었다.
가지 말라고 말하고 싶었지만
너의 이야기를 담담하게 듣고만 있었을 뿐이다.

그렇게 억지로 마음을 구겨 넣고
스스로 내 마음을 모른 척했다.

그러자 내 마음은 곧
이리저리 뒤섞이며 엉망이 되어 버렸다.

청혼 II

아침에 눈떠 서로를 사랑스레 바라보다
늦은 출근 준비 속에서도 우리는

포옹 한 번
키스 한 번
그 이상은 바빠서
아쉽게 밤을 기약하는 거야.

어때,
참 좋지 않을까?

나만 그런가

아무렇지 않던 친구가
어느 날 갑자기 이성으로 느껴지는 순간.

그렇게 조그만 가능성이 열리고
애써 좋아하지 않기 위해 스스로를 달래거나
혹은 매 순간 의미를 부여하며
그 조그만 감정을 사랑으로 키워 내거나.

과정과 결과는 모두 다르겠지만
한 번씩은 그런 경험 있잖아.
친구를 좋아했던 적.

공유

서로 다른 곳을 바라보고
다른 감정을 느껴도
함께 잡고 있는 손 하나로
모든 것을 공유하며
그런 우리를 보며 성장하는 것.

너랑은 가능할 것 같아.
정말 사랑할 수 있을 것 같아.

너에게 가는 길

맑게 내리쬐는 햇볕에
무수히 많은 꽃들이 고개를 내밀었다.
그 향기에 마중 나온 나비들도 가득하다.

끝이 어디인지, 그곳도 꽃과 향기로 가득한지
아무것도 알 수 없어 두렵긴 하지만

여기까지 온 게 아까워서
돌아서기엔 너무 향기로워서
오늘도 조심스럽게 한 발짝 내딛는다.
급하지 않게, 조용히.

여긴,
너에게 가는 길이다.

나의 하루가 너에게 닿길

나의 하루가
너에게 닿길 바란다.

나의 외로움이
나의 그리움이

그것들이 너를 향해 있기에
나의 하루는 너로 가득하기에

나름 신경 쓴 오늘 하루도
너에게 닿길 바란다.

너의 하루가
나의 하루와 같아지는 그날까지

또 하나 추가

오늘 너와 이야기하던 중
네가 귀 뒤로 머리를 쓸어 넘겼다.

너를 좋아하는 이유가
또 하나 늘어났다.

확신

이유 없이 드는 확신인데
너와 나는 언젠가
우연이라도
한 번쯤은 다시 마주칠 것 같아.

그때가 되면 나는
아주 밝은 미소로 네게 인사할 거고.

처음

처음으로 손을 잡고
처음으로 입을 맞추고
처음으로 한 이불 아래서
껴안은 채로 잠들고 깨고.

나에겐 처음인 순간들이 너라서 좋았고
매 순간 네가 처음이라서 또 좋았다.

견고함

사랑하는 마음 하나만으로 모든 것이 채워지는
가끔씩은 무모한 것인가 싶어지는 사랑만큼

완벽하고 안정적인 사랑은 없을 것이다.

아직도? 아니, 여전히

친구가 나를 한심하게 쳐다보며 물었다.
"너 아직도 걔 좋아하냐?"

나는 대답했다.
"'아직도'라기보다는, '여전히'야."

나는 그렇게,
내 마음을 조금이나마 아름답게 만들고 싶었다.

세상에서 가장 이기적인 고백

내 꿈은 딱 하나.
세상에서 가장 행복한 사람으로 살아가는 거야.

근데 그렇게 살아가려면
네가 꼭 필요할 것 같아.

많이 부족하고 서툴지만
네가 없으면 안 될 것 같아.

아름답지 못하고 매우 이기적일 만큼
갑작스러운 고백이지만,
내 마음을 표현할 방법이
이 말뿐인 것 같아.

너 없이는 내 행복이 완성되지 않아.

벤치의 고양이

벤치 뒤에 숨어서
나를 바라보고 있는 작은 고양이.

딱 그대 같아요.
도망갈까 봐 더 이상 다가갈 수도 없고
뒤로하고 돌아가자니
영원히 못 볼 것 같고.

자동문

괜히
밀고 당기고 그럴 필요 없어.

너를 보는 나의 마음은
언제나 자동문이야.

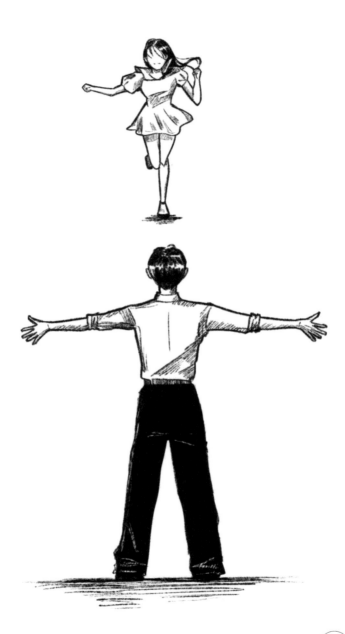

개화

예쁜 꽃 사진을 찍으려
개화를 기다리는 것처럼

너를 예쁘게 담아낼
좋은 때가 있을 거야.

나는 그때까지 기다리면 되는 거고.

안녕? 안녕!

네가 준 목도리를 하고 나간 겨울날
나는 술에 취한 채로 너에게 전화를 걸었다.

생각나서 전화했다는 나의 말에
세상 두고 볼 일이라며 대답하던 너.

어렸던 나의 모습을 용서해 달라고,
어렸던 너의 모습을 기억한다고

그렇게 말하고 싶었다.

그러니까 쉽게 말해서,
네가
보고 싶다고, 이제야.

고백 후기

내 오랜 고민을
당신에게 털어놓았어요.

정말 좋아했고 여전히 좋아한다는
그 마음을 전하기 위해
나의 오늘은 존재했어요.

고민하고 고민해서 골랐던
나의 신중한 단어와 문장들이
그대 앞에 떨어지면
참으로 초라한 것들이 되더라구요.

하늘에서 땅까지 그 진동을 울리던
나의 빨갛고 커다란 마음도
그대 앞에서는 정말이지
너무나 작고 보잘것없는 고백이 되더라구요.

말하고 나니 느끼는 건데,
너무나도 예쁜 그대와
그런 그대를 향한 나의 마음은

이 세상의 말로는
절대 설명할 수 없는 것 같아요.

모국어

너와 같은 언어를 쓴다는 것.

그래서 너의 말을 모두 이해할 수 있다는 게
나에게는 큰 축복이다.

너에게 사랑을 배우다

너는 사랑한단 말을 하지 않을 뿐,
온 행동으로 사랑을 말하고 있다.

행동으로
눈빛으로
웃음으로.

그리고 변하지 말아 달란 너의 말은
내 백 번의 사랑의 말보다 큰
너만의 진심을 담고 있다.

난, 오늘도 너에게
사랑을 배워 가는 중이다.

사랑의 깊이

카페에 앉아
한 커플을 바라보다 문득 생각했다.

'저들은 사랑한 지 얼마나 되었을까?
얼마나 오래되었길래
저렇게 깊은 사랑을 나눌까?'

얼마 후, 네가 내 앞에 앉았고
너의 맑은 눈망울을 보는 순간 깨달았다.

사랑의 깊이는 시간에 비례하지 않는다.
아니 적어도 나는,
시간에 비례하지 않는
깊이의 사랑을 하는 중이다.

완벽함

네가 자신의 단점에 대해
말해 달라고 했던 날이 있다.
정말이지, 아무런 생각이 나질 않았다.
원채 사람의 단점을 발견하지 못하는
성격이기 때문이기도 했지만
그날을 넘겨 질문에 대한 답을 생각해 봐도
떠오르지 않는 것은
분명 나에게 너는 단점이 없는 사람인 듯했다.

섣부른 판단일지도 모르겠으나,
그날 이후 나는 너에게
'완벽한 사랑'이라는 이름을 붙여 주기로 했다.
장점이 많아서가 아니라,
단점이 없는 사람이기에.

'완벽'은 그런 것이다.
좋은 것으로 가득 차 있는 것이 아니라
나쁜 것이 보이지 않는 것이다.

그리고 나는 너에게 어울리는 사람이 되기 위해

완벽을 향해 나아가기로 했다.

담배를 끊고, 다이어트를 하고, 자신감을 가지고.

나의 단점을 하나씩 줄여 나가기로 했다.

너로 인해,

참 많은 것들이 바뀌는 중이다.

감사

지금을 충분히 만끽할 수 있도록
내 나이를 체감할 수 있도록
그리고 결국엔 널 만날 수 있도록

모든 시간에 감사해.
그리고 그 시간이 너로 가득해서 또 감사해.

그날 밤

어느 날 밤,
너는 울음이 많다는 말을 했던 적이 있다.
그리고 그 말과 함께
나와 통화하던 중에 울었다는
그 순간을 얘기했다.

그 뒤로 나는 오만가지 생각이 들었고
그 짧은 순간
나의 생각들을 정리하기 위해 노력했다.

하지만 결국, 슬펐다.

네가 울었던 그 순간에
눈치가 없었던 내가 슬펐고
눈물 흘리는 너를
혼자 외로이 두었던 것이 슬펐고
너의 모든 순간을
함께하지 못했다는 사실이 슬펐다.

그 뒤로 한참을 말을 잃었다.

그리고는 생각했다.

너의 순간들을 놓치지 않고 함께하리라.
보다 신중하게 너를 관찰하며 우리를 키워 내리라.
사랑한단 말을 하기 바쁜 내가 되는 것이 아니라
여유롭게 한 번 더 돌아보는 진짜 사랑이 되리라.

너를 좋아하는 이유

너는 가끔가다
내가 너를 좋아하는 이유를 묻고는 한다.

그럴 때마다 나는
대답을 잘해야겠다는 본능과 함께
머리를 굴려 여러 가지를 내놓고는 한다.

얼굴이 예뻐서,
마음이 착해서,
나를 변하게 해 줘서,
배려심이 많아서.

하지만 내가 말한 그 모든 것들은
만들어 낸 이유일 뿐이다.
너를 좋아하고 난 뒤에야 찾게 된
이유일 뿐이다.

너를 좋아하는 이유는,
그냥 너이기 때문에.

내가 말했던 그 모든 이유가 사라지더라도,
나는 너를 좋아했을 것이기 때문에.

너를 좋아하는 이유는,
그냥 너이기 때문에.

뜻

너를 좋아한다는 말은
너를 알아 가고 싶다는 말.

너를 사랑한다는 말은
우리를 알아 가고 싶다는 말.

내가 행복하다는 말은
우리이기에 행복하다는 말.

내가 해야 할 일

내가 지금 해야 할 일은
너의 소중함을 잊지 않는 것이다.

너의 말과
너의 행동과
너의 일상과
너의 사랑.

소중함을 잊게 되는 순간
너를 잃는 것이나 다름없다는 생각으로
너의 소중함을 빈틈없이 기억해야만 한다.

그것이 내가 해야 할 가장 중요한 일이다.

습관

또,
보고 싶다,
네가.

두 번째 쉼표

결국에는 다 행복해지더라

평생 동안 미워해야만 할 것 같던 사람도
지워 버리고 싶던 나의 흑역사도
결국에는 아름다운 기억으로 남게 되더라.

네가 했던 모진 말들과
나를 아프게 했던 너의 행동들.
너에 대한 기억은 오로지 그뿐일 줄 알았는데
어느 순간부터 미소를 그리며
너를 추억하고 있더라.

처음에는 참 신비로운 일이라 생각했는데
어느 정도 살아 보니까
그건 하나의 법칙과도 같은 일인 듯했다.

슬픈 기억과 행복한 기억은
시간이 지나며 서로 뒤섞이고
원래 그랬던 것처럼 희석되어
시간이 지날수록 티 없이 맑아지는 것.

시간이 가진 힘은 매우 위대했고

너의 기억이 그렇듯

다른 일들도 그렇게 될 것이다.

그래서 나는

나의 모든 것들을 시간에 맡기기로 했다.

꽃이 아름다운 진짜 이유

거리에 피어 있는 꽃을 보면서
그것이 향기와 색깔 때문에
그들이 아름다운 것이라 생각했는데

문득 생각이 들었다.

아름답게 피어 있다가도
빛과 물이 없어지면
혹은 자신의 때가 지나가면
미련 없이 시들어 버리는 것이
그들이 정말 아름다운 이유라고.

네가 없고
너를 놓아줄 때가 된 지금,
나의 마음도 미련 없이
아주 깨끗하게 시들어 버렸으면 한다.

사랑니

사랑니는 어느새 자라나
안주인처럼 자리를 차지하고

그 사랑니를 빼려면
많은 아픔이 필요하다.

그래서 이름이
'사랑'니인가 보다.

특별하지 않은 사람

너는 특별하지 않다.
내가 그동안 지나친 수많은 사람들과 같은
평범하기 짝이 없는 그런 사람일 뿐이다.

너는 절대 특별하지 않다.
너는 특별하지 않아야 한다.
내가 너를 잊기 위해선
그래야만 한다.

가장 후회되는 것

우리의 이별이 슬펐다.
두 번 다시는 너를 볼 수 없음에.
온 힘을 다해 그 흔적을 지워야 함에.

이별에 선 순간
다시는 보지 못할 너의 얼굴을 외우려
온 힘을 다해 너를 들여다보았고
그 순간 알아챘다.

이별하는 그 순간 너를 가장 사랑했다는 것.
그동안 온 힘을 다해 사랑하지 못했다는 것.
그래서 한동안은
후회와 아쉬움으로 살아갈 거라는 것.

사랑보단 진심

네가 하는 모든 말이
사랑일 필요는 없었어.

그냥 진심이면 됐던 건데.

2%

내가 꺾어 준 꽃을
풀 위에 놓고 돌아오는 너의 순수함이
나는 무척이나 좋았다.

흔들리는 꽃들 속에서
그들과 춤추며 바람을 느끼는 너의 차분함이
나는 미친 듯이 좋았다.

너와 있는 시간은
항상 그 순간을 위해 마련된 것처럼
완벽하고, 또 완벽했다.

그리고 완벽한 모든 것들 중에서
나만 완벽하지 못했다.

멀어짐

어느 순간 그렇게
서로 멀어짐을 느낄 때.

우린 아무 말도 하지 않지만
점점 작아지는 서로를 알면서도
절대 손을 뻗지 않는다.

아주 가끔씩
애써 웃음을 지으며
우리는 여전히 가깝다고 말하려 하지만
아마 그것은,

이대로 멀어져도 괜찮다는
암묵적인 신호일 가능성이 크다.

언젠간 느낄 허전함과 괴로움을 알고 있지만
이미 멀어져 버리기 시작한 지금,
다시 되돌리려 노력할 자신은 없다.

그리고 끝내 나는 너에게
특별한 사람으로 남지 못했다.

이별하고 처음 한 일

너와 이별하고 집에 돌아가던 길
지하상가에서 팔고 있는 장갑을 하나 샀다.

이제는
그게 필요하겠다 싶었다.

변해 줘서 고마워

우리가 이별하고 한참 후에
아주 어색하게 통화한 날이 있다.

그리고 너는 놀랄 정도로 많이 변해 있었다.

고마워.
내가 한때 사랑했던
그때의 네가 아니어서.

네가 그때의 모습으로 다른 누군가를 사랑했다면
나는 아마 많이 힘들었을 거야.

이해되지 않는 포기

누구나 그렇듯
우리는 너무나도 달랐고 이해하지 못했다.

그리고 어느 날
내가 이제는 너를 이해한다고 말했을 때,

너는 나에게
이미 포기했다고 말했다.

알 때가 되었다

누가 딱 하나만 알려 줬으면 좋겠다.
네가 어디에 살고 있는지.

너의 집 주변 거리를 서성이며
홀로 희망고문하는 나의 걸음이

아무 쓸모 없는 것들인지
아니면 일말의 가능성이라도 있는 시간인지
이젠 알 필요가 있다.

너를 추억하는 것

너와 함께했던 날들을 추억하는 건
참 기분 좋은 일이야.

날아갈 듯 환호하던 날이어도 좋고
세상에서 가장 슬픈 사람이 되었던
그날이어도 좋아.

뭐가 어찌 되었든,
그 모든 날들의 시작과 끝은 너와 함께였거든.

너에게 질문

너에게 궁금한 한 가지.

나처럼 너도 가끔씩
아무 이유 없이 나를 떠올리는지.

그리고 그 신비한 일들이 일어난다면
그 이유 또한 나와 같은지.

아프지 않게 잊는 법

손톱을 깎다가
너무 깊은 곳까지 깎아 내려다
쓰라림에 그 손가락을 한동안 쓰지 못했다.

이별한 누군가를 잊는 법.
지나간 실패를 잊는 법.
고통스러운 아픔을 떨쳐 버리는 법.

손톱이 길어지면 어느 정도만 잘라 내듯이
내가 지울 수 있는 것들만 지워 버리고
나머지는 내 것처럼 남겨 놓는 것.

그리고 다시 자라날 때쯤에
다시 한 번 잘라 보는 것.

그게 아프지 않는 법인 것 같다.

너의 부피

난 여전히
너의 기억으로 성장 중이다.

그렇게, 너의 부피는 생각보다 크다.

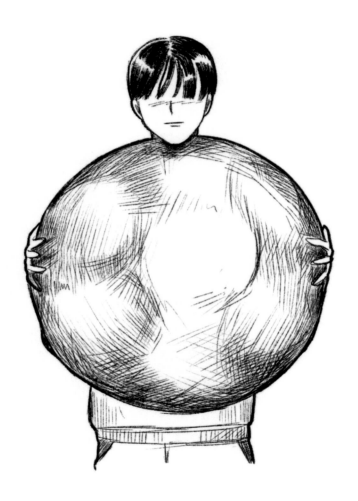

진짜 아픔

이별하고 나서 겪는
'진짜 아픔'은

한참 지난 후에야 느낄 수 있다.

충분조건

너의 말들에 힘들어했고
너의 거짓말에 슬퍼했고
너의 눈빛에 외로웠다.

그런데도 네가 아직까지 생각나는 걸 보면

너는 나에게 충분한 사랑이었다.

호칭

꽤 오랜 시간 너를 기억했고
나는 그것을 미련이라 생각했다.

이제는 그것을
미련이 아니라
너를 포기하지 않아야 할 이유라고 부르겠다.

정말, 안녕

내 옆에는
그대를 위한 빈자리가 마련되어 있지 않아요.

그대의 흔적이 가득한
그 집에 더 이상 살지도 않아요.

내 손은 그대 없이도
이미 벌써 온기가 가득하니
굳이 나에게 다시 오지 말아 주세요.

내게 남은 그대의 흔적은
여기 있는 작은 상처뿐인데

그마저도 곧 아물 듯하니
굳이 걱정하지 마세요.

사랑은 공평하니까

사랑은 노력할 수 있다.
어디서부터인가 잘못된 무엇을 찾아
그것을 원점으로 되돌려
우리의 사랑이 단단함을 다시 찾게끔
충분히 노력할 수 있다.

나도 분명히 그것을 알고 있지만
나는 노력하지 않았다.

너에 대한 나의 사랑은
너의 어떤 노력도 필요로 하지 않았기에,
그리고 그런 너를 다시 찾기 위한 나의 노력은
너무나 불공평하기에.

나는 너를 잊기 위해 노력하기로 했고
너도 공평하게,
나를 잊기 위해 노력하길 바랄 뿐이다.

사랑은 공평해야 하니까.

'이별'

이제 두 번 다시는 볼 일 없는 거야.
서로의 향기도 맡지 못하고
손도 잡지 못하고 가만히 바라보지도 못해.
평범한 일상 같던 대화도 없을 거고
귀를 채우던 서로의 목소리도 듣지 못하겠지.
한 번은 살면서 마주치지 않을까 하는
헛된 희망을 안고 살아가고
가끔 생각이 나도, 너무 사랑했던 서로는
각자 세상에서 사라진 존재가 되는 거야.

가장 슬픈 건,
이제는 내가 너를 볼 수 없다는 거.

이 많은 슬픈 의미를 담고 있는
'이별'
이라는 단어는 얼마나 괴로울까.

단 두 글자에
저렇게 슬픈 의미를 모두 담아야 하니.

다르게 적힌 감정

우리가 만든 추억과
우리가 느낀 감정은
모두 같을 줄 알았다.

아름다운 추억은 아름다운 것끼리
못생긴 추억은 못생긴 것끼리
아주 쉽고 당연하게 나눠질 것이라 생각했다.

하지만 네가 적은 감정과
내가 적은 감정은 달랐고
네가 만든 추억과 내가 만든 추억이 달랐다.

우리는, 서로 다르게 기억되고 있었다.

너의 행복 속에 나는

내 마음을 거절당하고
나는 엄청 쿨한 것처럼
내 마음을 다 접은 양
너를 웃으며 만났지만,

사실은 그게 아니야.
왜 만날 때마다 너는
조금씩 그리 예뻐지는지.
왜 만날 때마다 나는
매번 더 좋아지는지.

그래도,
너한테 내 마음을 털어놓지도
내 진심을 들키지도 않을 거야.

네가 언젠가 좋은 사람을 만나서
가장 행복해하는 너의 모습을 보는 순간까지
그때까진 내 마음을 숨겨 놓다가
아주 조용하게 시들어 버릴 거야.

아마 그때 네가 마주한 그 행복엔
내가 없을 테니까.
내가 필요하지 않다는 걸
그땐 느낄 테니까.

지금, 우리 함께였다면

내 숨결은 그대의 볼에 닿아
내 체온은 그대의 손을 잡아
내 그리움은 어느새
따뜻한 공기가 되어 그대를 안아요.

지금,
우리 함께였다면 어땠을까요.

너에게 편지

마지막 연애의 이별도
이제는 희미해진 것을 보면
나도 참 오랫동안 사랑하지 않았나 봐.
그러면서도 사랑이란 감정이
얼마나 아름다운지 알기 때문에
그리고 어쩌면 그 감정을
잊어버리지 않고 싶었기 때문에
나는 그 예쁜 감정에 대해 글을 쓰려고
항상 생각에 잠겨.

주변 사람의 연애 이야기를 궁금해하고
내 친구가 애인과 하는 통화에 귀 기울이고
다른 사람의
아픈 이별과 새로운 만남을 들으면서
새로운 사랑 이야기를 쓰려고 노력하다 보면
네가 생각날 때가 많아.

그때는 내가 어려서 그랬나.
당연했던 너의 소중함을 몰랐던 걸까.
내가 이해하지 못했던 너의 마음은 어땠을까.

네가 궁금해지고 괜스레 미안해지기도 하고
가끔은 시간을 거꾸로 되돌려서
네가 있던 그곳으로 달려가고 싶기도 해.

혹시나 네가 내 글을 읽게 되는 날이 온다면
나에게 있어 너라는 존재는
생각보다 큰 무게로
그 자리를 지키고 있다는 것을 알게 되길 바라.
굳이 예전으로 돌아가
그 아픔을 나누진 않더라도
꽤 괜찮았던 기억만큼은
다시 꺼내어 떠올려 주길 바라.

아, 그리고 꼭 하고 싶은 말이 있는데
그때 너는 정말이지
세상 그 누구보다 예뻤어.

미칠 노릇

볼펜 끝까지 써 본 적 있어요?
잉크가 없어서 "다 썼네" 하고 던져 놨다가

나중에 아무 생각 없이 써 보면
또 잘 나오잖아요.

내가 그래요.
"미련 없어" 하고 신경 껐는데
아무 생각 없이 갑자기 그대가 떠올라요.

미칠 노릇이죠.

블랙커피

너를 사랑하지 않기로 한 지가 몇 년이 흘렀다.

하지만 여전히 너를 적어 내는 것은,
너는 다짐만으로는 지워 낼 수 없는
매우 진한 사람인 탓이다.

습관적 짝사랑

혼자 시작하고
혼자 고민하고
혼자 정리한다.

나는 짝사랑에 너무 익숙해졌다.
그러다 보니,

짝사랑에 멈춰 버리는 내 사랑 이야기를 쓰며
"이 정도면 충분해"라는 말로
그 이야기를 끝내는 게 습관이 되어 버렸다.

이별한 그대에게

다시 예전의 사이로 돌아갈 수 없다는 거
너무 슬프지 않아요?

어떤 노력을 해도
멀어질 대로 멀어진 거리는
절대로 좁혀질 수가 없다는 거.

예전의 사이로 돌아가는 게
시간을 돌리는 일만큼
불가능하다는 거.

하지만 그 슬픔을 거부하지 말고
온몸으로, 온 힘을 다해 느끼길 바라요.

그건,
당신이 아파할 만큼 가치 있는 사랑을 했다는 증거니까요.

짝이별

혼자 사랑을 시작하고
혼자 마음을 정리하는 것.
우리는 그것을 짝사랑이라고 부른다.

내가 너를 짝사랑했을 때
네가 했던 모든 말은 나를 겨냥했고
네가 했던 모든 행동은 나에게 설렘이었다.

내가 너를 짝사랑했을 때
내가 했던 모든 말은 백만 번의 고민이었고
내가 했던 모든 행동은 천만 시간의 고통이었다.

끝내 마음을 접겠다 다짐한 뒤,
나는 네 말과 행동이 나를 겨냥하지 않게
온 힘을 다해 피하고 있다.

그러니 부디,
너는 내 말과 행동을 피하지 않길 바란다.
딱 지금만큼의 거리가
우리 사이에 남길 바란다.

빈속에 커피

빈속에 커피를 들이켜니
속이 너무 쓰려 온다.

아무 생각 없이 빈 머릿속에
갑자기 네가 떠올랐다.

머리가 쓰려 온다.

바보 같은 대화

"나를 더 이상 좋아하지 않는 거죠?"

너의 바보 같은 물음에
나는 바보같이 답했다.

"응, 그런 것 같아."

꿈은 이루어지니까

너와 함께하던 시간들은 꿈같은 시간이었고
지금은 그 꿈에서 깨어났다.

여전히 그 꿈을 생각하지만
같은 꿈을 다시 꾸는 건 힘든 일이다.

이제는
그 꿈이 현실이 되어
네가 현실이 되어 오기를 꿈꿀 뿐이다.

간절한 꿈은 꼭 이루어지기 마련이니까.

조수석

운전을 하다 문득
조수석에 네가 앉았던 그날을 떠올렸다.

근처 지하철역에 내려 달라는 말을 남긴 채
창문에 머리를 기대어 곯아떨어진 너.

그런 네가 깨지 않게
내비게이션 소리를 낮추고
방지턱을 조심히 넘으며 너의 집 앞까지 갔다.

집 앞에서 잠이 깬 너는
왜 그랬냐는 말과 함께 희미한 미소를 지었고
언젠가 면허를 따면
꼭 내 집까지 바래다주겠다고 귀엽게 선언했다.

지금,
너의 옆 조수석은
빈자리인지, 혹은 누가 앉아 있는지 궁금해진다.

내 사진

너를 잊는답시고
너와 찍은 모든 사진을 지웠다.

멍청했다.

그 사진은 너의 사진이 아니라
가장 행복한 표정을 한
내 사진이었는데.

사랑법, 이별법

두세 번쯤의 사랑.
어떻게 사랑해야 하는지 알았고
어떻게 이별해야 하는지 알았다.

아니, 좀 더 정확하게 말하면
나에게 맞는 사랑법과
나에게 맞는 이별법을 배웠다.

사랑하는 법도 알았고
이별하는 법도 알았으니
아쉽게도 더 이상 사랑하는 것에
그리 궁금한 게 없다.

이제는 사랑이 궁금해서가 아니라
어떤 사람이 궁금해지면

그 사람을 궁금해하며, 그 사람을 배우기 위해,
그 사람과 사랑하고 싶다.

빌어먹을 기억력

길을 걷다
너와 똑같은 향수를 쓰는 듯한
사람이 지나가길래
나도 모르게 고개를 돌렸다.

오늘 아침에 먹은 것도 기억을 못 하는데
너에 대해서는
별걸 다 기억하고 있다.

계정 삭제

너의 모든 흔적들이 사라졌다.
마지막으로 남아 있던
너를 떠올리던 그것마저 사라졌다.

이제 남은 건
가끔씩 너를 떠올려 나를 귀찮게 할
너에 대한 미련뿐이다.

사라진 너의 SNS 계정처럼
계정 삭제해 버리고 싶다.

여전

너는 내가 어루만지던
개울 같은 피부를 여전히 가지고 있었고

내가 하루 종일 바라보며
닳아 버릴 것만 같던 눈망울도 가지고 있었다.

심지어, 내 품속에 꼬옥 안기던 그날
내 옷에 묻었던 그 향기마저 여전했다.

멀리서 나를 보고
웃으며 아기같이 달려오던
나를 향한 그 마음도 여전할까.

표현의 중요성

미안할 때 미안하다고
고마울 땐 고맙다고
사랑하면 사랑한다고

표현할 때
그 감정은 가장 아름다워집니다.

기준

개는 너보다 밝지 않아서 아쉬웠지만
너보다 표현을 많이 해서 좋았다.

좋든 싫든,
새로운 사랑들의 기준은 언제나 너였다.

거리

너의 목소리가 들리는
너의 향기가 전해지는
딱 그 정도 거리에서 걸었다.

정말 우연인지,
나도 몰랐던 그리움이 여기까지 이끌었는지.

그래도 분명한 것은
함께 걷던 그 거리를
우린 각자 아무렇지 않게 걸었고 정말이지,
너의 뒷모습에는
전혀 어색함이 없었다는 것이다.

그래서 나는
너의 여전한 목소리와 향기가 충분히 느껴지는
그 거리를 유지한 채 걷기로 했다.

가장 어려운 일

그대를 가지는 게
세상에서 가장 어려운 일인 줄 알았는데

아니었네요.
당신을 보내 주는 게 가장 어려운 일이었네요.

그 정도로만

단지 스쳐 가는 인연이었을 거라 생각한다.
한때 너를 좋아했지만
그 마음을 꺼내 보지도 못했으니까.

하지만 너만 보면 웃음이 나왔기에
'언젠간 너와 같은 사람을 만나야지.'
딱 그 정도로만.

짧지만 따뜻했던 그 순간들이 생각날 때면
좋은 추억으로, 웃어넘기련다.

계절로 너를 기억하다

봄 속의 너는
아이처럼 꽃밭을 뛰어다니다
꽃이 너무 예쁘다며 그들을 부러워했지.
나는 아무리 봐도
그 꽃밭에서 예쁘다고 부를 만한 건
너밖에 없었는데 말이야.

여름 속의 너는
밖은 덥다며 하루 종일 집에 머무르며
에어컨과 아이스크림을 달고 살다가
결국엔 감기에 걸려 코를 훌쩍대는
칠칠맞은 어린아이가 되어 있었어.

가을에는,
내가 이리 치이고 저리 치이며
짜증 낼 기운도 없이 지쳐 있을 때쯤
가장 완벽한 조건의 가을바람처럼 다가와
내 몸 사이사이로 스며들면서
나를 세상에서
가장 행복한 사람으로 만들어 줬어.

겨울에 너는
제발 따뜻하게 입고 다니라는
내 잔소리를 무시하고
멋 부리고 다니다가
결국 해가 저물 때쯤 추위에 벌벌 떨었지.
그런 너에게 나는 내 코트를 덮어 주었고
넌 분명 추위에 떨고 있는 내 모습을 보았지만
내가 남자다워 보이고 싶어 하는 걸
지켜 주려는 것처럼
오히려 춥다며 따뜻하게 나를 꼬옥 안아 줬어.

참 오래전 일이지만,
세상의 모든 계절 속의 네 모습을
기억할 수 있음에 감사해.
너무 힘들고 외로워질 때쯤
오늘의 계절로 너를 기억할 수 있음에 감사해.

지우개

너를 지우다
내가 지워졌다.

그제서야 알았다.
너는 나의 전부였음을.

남

세상에는 수많은 사랑이 있고
우리는 그중 하나가 되었다.

세상에는 수많은 이별이 있고
우리는 또 그중 하나가 되었다.

서로를 가장 잘 아는
남이 되었다.

눈물의 의미

너와 이별하던 날
마지막으로 너를 안았던 그 순간에
나도 모르게 눈물이 흘렀다.

그리고 그 눈물은
단순히 슬픔이라 정의내릴 수 없었다.

다시는 너를,
또 너로 인해 성장했던 나를,
그리고 가장 우리다웠던 우리를
다시는 볼 수 없음에.

앞으로 예뻐질 너를,
그런 너로 성장할 나의 모습을,
그리고 우리보다 더 우리다워질 우리를,
이제는 가질 수 없음에.

꽤 많은 감정과 생각들이 한곳에 모여
가장 무거운 중력으로 떨어지는,
그런 눈물이었다.

세
번
째
쉼
표

이 글을 읽는 당신에게

살면서 한 번쯤은
절대 잊을 수 없는 사랑을 만나게 돼요.

영원을 기약하거나 슬픔으로 마무리하거나
그 사랑의 모습은 모두 다르겠지만
우리로 하여금
많은 변화를 가져오는 건 똑같아요.

이성을 보는 기준이 되어 버리고
세상을 보는 가치관이 되어 버리고
나 자신을 보는 자존감이 되어 버리기도 하죠.

당신은 알까요, 그걸.
그대도 누군가에게 정말 큰 존재라는 걸요.

혹시나 모른다면
이 글을 꼭 읽길 바라요. 그리고 알길 바라요.

당신은 누군가의 세상에서
공기보다 더 큰 존재라는 걸.

그 세상 속에서 움직이는 모든 것들을
살아가게 하는 이유이자
살아갈 수 있게 하는 필요조건이라는 걸.

바보

불안함, 우울함, 무료함.

가끔은 감정이란 것을
모르는 바보가 되고 싶기도 하다.

선명한 초라함

익숙하지 않은
서툴렀던 하루를 보낸 그날 밤이면
눈을 감고 조용히 내일을 물어본다.

하지만 도무지
선명한 내일이 그려지지 않는 탓에
아득한 지난 시간들까지도
점점 희미해진다.

그러면 온통 희미한 시간들,
그 한중간에 주저앉은 나만 남아
더욱 선명하게 내가 초라해진다.

신발을 잃어버린 뒤

아주 잠깐 쉬어 가려 발걸음을 멈춘 곳에서
꽤 오랜 시간을 머물렀다.
따스하게 감싸던 햇살은
아주 희미한 별빛이 되었고
새롭게만 보이던 모든 것들이
가장 익숙한 것이 되어 스며들었다.

나는 이곳을 떠나지 않을 거란 걸 알아차린 뒤
문득 뒤를 돌아 눈을 떴을 때
아주 멀리서부터 이어져 온 내 발자국이 보였다.

그리고 그때 내 발자국은
그 무엇보다도 커 보였다.

돌부리

아무도 넘어지지 않는 곳에서
나 홀로 넘어졌다.

모두가 웃음을 짓는 순간에
나는 조용히 울음을 터뜨렸다.

주위를 둘러보며
나와 같은 누군가를 찾고 싶었겠지만
끝내 나는 고개를 들지 못했다.

나의 모습을 누구도 보지 못하는
텅 빈 공간이 가장 낫겠다 싶었고
나는 결국
나를 바라보는 거울을 향해 돌을 던졌다.

수렴

나를 위로했던 누군가가
어떤 날은 나에게 위로받았다고 한다.
우리는 서로 다른 고민 속에서 만났지만
서로 위로하고 위로받으며
그 고민을 헤쳐 나오는 중이다.

부디 우리가 만나는 날
같은 행복 속에서,
같은 종착점에서 만나기를 기도해 본다.

우정

내 생각엔,
비밀을 말하지 않아도
서운해하지 않는 사람이 진짜 친구다.

이유가 있겠거니 하면서
궁금하지만 조금은 기다려 주는 사람.
기다려도 말을 않는다면
그것을 비밀로 인정해 주는 사람.

그런 사람이
진짜 친구다.

어른

원하는 그 자리에
곧이 서 있을 수 있을지.

아름답기만 한 저 야경 속에서
나도 빛을 낼 수 있을지.

울음을 참고
슬픔을 견디고
어깨를 내어 누군가를 안아 주고

나도 과연
'어른'이 될 수 있을지.

나도 모르게

나도 모르는 사이에
알아서 슬퍼지기는 하는데

행복도 그것과 비슷했는지 기억나질 않는다.

마치 행복할 방법을 잊어버린
인간이 되어 버린 기분이다.

네 편 내 편

되도록 적은 만들지 말라 그래서
적을 만들지 않으려 노력했더니

내 편도 아무도 없다.

쉼표

아무것도 하지 않고
쉬고 있는 당신을 자책하지 말아요.

그 쉼표는,
결정적인 문장을 쓰기 위한 쉼표일지 몰라요.

최고의 타이밍

생각해 보면,
모든 일의 최고의 타이밍은 언제나

과거에 있었다.

너의 색

언젠가는 이 순간을 추억으로 기억할 거고
또 언젠가는 그 추억을 잊어 가겠지.

그렇게 시간이
오늘의 색을 하나씩 가져가도

내가 기억하는 너의 색은
부디 영원하길 바랄게.

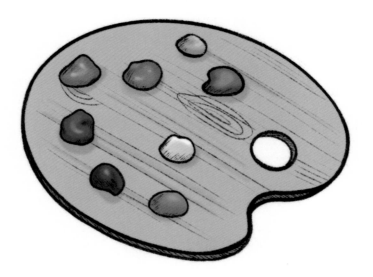

당신의 옆에는

넓은 세상에서 나 홀로 남은 것 같을 때
서두르지 말고 가만히 서서
눈을 꼬옥 감아 보세요.

새까만 밤하늘을 보고 있으면
하나씩 별이 보이는 것처럼
눈을 감고 있으면 별들이 차차 보일 거예요.

그 별을 잊지 마세요.
그리고 기억하세요.
그 별들처럼 당신의 가치를 빛내 줄
수많은 사람들이 항상 함께라는 걸.

타이밍

살아도 타이밍이고
심지어는 인생도 타이밍이란다.

참 나.

시간이 어떻게 흘러가는지도 모르겠는데
무슨 망할 놈의 타이밍.

반창고

어머니가 그러셨는데,
내가 다섯 살 정도 되었을 때인가
머리가 아프다면서
이마에 반창고를 붙였더란다.

세상 모든 일들이
그렇게 간단하면 얼마나 좋을까.

뭣 같은 기분

왜,
그럴 때 있잖아요.

포기해야 하는 걸 알고
그만해야 하는 걸 알고 있는데

지금 그만두면
다시는 이곳에 못 올 것 같은 기분.

휴지통을 비우시겠습니까?

잡생각을 휴지통에 버리긴 했는데

정작
휴지통 비우기가 안 된다.

휴지통의 내용들을
영원히 삭제 하시겠습니까?

위 동작은 되돌릴 수 없습니다.

취소　　　　휴지통 비우기

운전대

운전을 한다는 사실에 처음에는 매우 좋았지만
운전대를 잡다 보면 아쉬워지는 것들이 있다.

멋진 야경 속에서 달리지만
그 멋진 야경을 보지 못하고 앞만 봐야 하는 것.
참 좋은 사람들과 함께해도
길을 잃지 않으려고 대화에 집중하지 못하는 것.

길을 잃는다면 그것은 내 책임이고
책임을 나에게 물을 수밖에 없다.

내 실패에 대한 책임을 함께할 사람이
점점 없어지다 결국 나만 남는 것.

점점 나이를 먹어 가는 과정 속에서
조금씩 슬퍼지는 이유가 바로 그것일 것이다.

마음은 꽤

마음이 끌리는 대로 해요.

사랑도 마음이 시키는 대로
이별도 마음이 시키는 대로

만나고 싶은 사람을 만나기 위해 노력하고
만나고 싶지 않은 사람을 내치기 위해 노력하고

때로는 마음이 끌리는 대로
때로는 그렇게 살아 봐요.

마음은 꽤,
중요한 것인지도 몰라요.

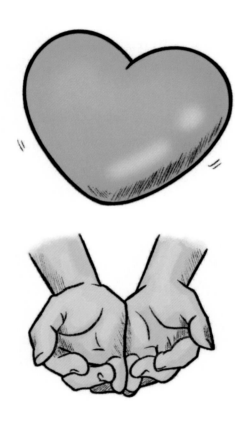

스물아홉에 쓰다

스물아홉.
이 나이 때쯤 되어 보니까
"예전이 그립다."라는 말이
얼마나 슬픈 말인지 알 것 같다.

지나간 세월만을 그리워하고
앞으로 다가올 일들에게는 더 이상
기대라는 단어를 붙여 주기 힘들어지는 것.

내일의 나를 꿈꾸며 그려 보는 게
썩 기분 좋은 일은 아니라는 것.

그건 아마,
앞으로 다가올 날들의 대부분은
내가 겪어 보지 못했던 슬픈 날들일 거라는 걸
너무 잘 알기 때문일 거야.

그래도 애써 희망을 그려 보고
도무지 그려지지 않는다면
오늘보다는 괜찮을 거야 위로하며

하루를 정리하는 일.

그 일에 익숙해지는 게
어른이 되어 가는 과정일 거야.

쉼표

ⓒ 김승용, 2024

초판 1쇄 발행 2024년 3월 29일

지은이   김승용
그린이   조연
펴낸이   이기봉
편집   좋은땅 편집팀
펴낸곳   도서출판 좋은땅
주소   서울특별시 마포구 양화로12길 26 지월드빌딩 (서교동 395-7)
전화   02)374-8616~7
팩스   02)374-8614
이메일   gworldbook@naver.com
홈페이지   www.g-world.co.kr

ISBN   979-11-388-2897-0 (03810)